偵探福爾摩斯

赤毛軍団のひみつ

新装版 シャーロック・ホームズ ②

紅髮會的祕密

柯南・道爾 著
中尾明 文
岡本正樹 圖
緋華璃 譯

斯頓車站
國王十字車站
大英博物館
托特納姆宮路
牛津街
鮑街警察法院
皮卡迪利圓環
柯芬園
滑鐵盧橋
攝政街
特拉法加
廣場
查令十字車站
倫敦警察廳
西敏橋
聖詹姆斯公園
大本鐘
白金漢宮
西敏寺
倫敦
泰晤士河

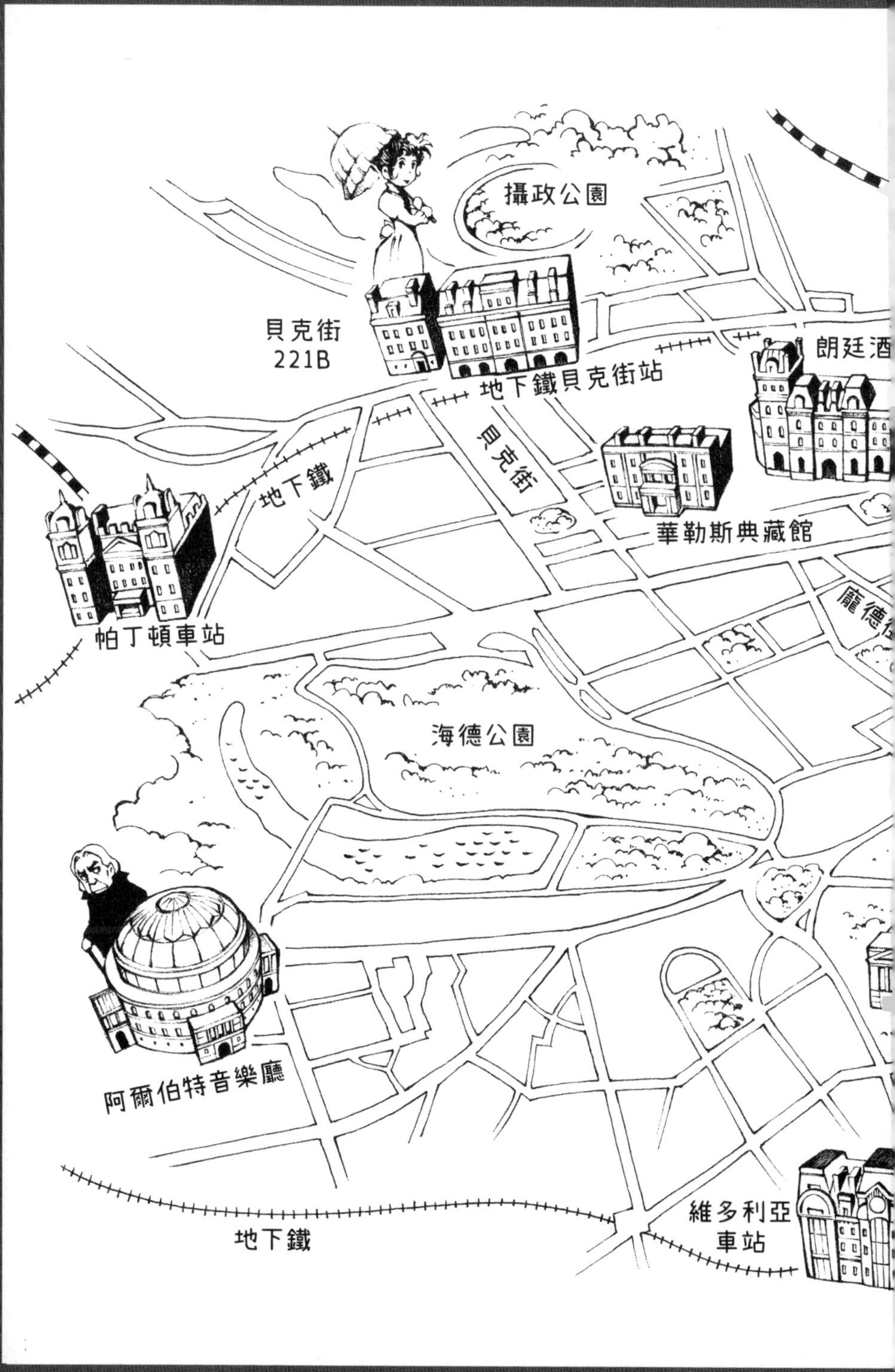
攝政公園
貝克街
221B
地下鐵貝克街站
朗廷酒
貝克街
地下鐵
華勒斯典藏館
帕丁頓車站
龐德
海德公園
阿爾伯特音樂廳
地下鐵
維多利亞
車站

偵探福爾摩斯

目次

第一話 紅髮會的祕密

contents

第二話 波希米亞的醜聞

第一話

紅髮會的祕密

The Red-Headed League, 1891

紅髮訪客

事情發生在去年秋天。

我去夏洛克．福爾摩斯的住處找他，福爾摩斯正與一位體格壯碩、看起來年事已高，但臉色紅潤的男人講話，男人的頭髮紅得像是燃燒中的火焰。

「有客人啊？不好意思打擾了。」

我向他們道歉，正打算離開時，福爾摩斯突然把我拉進屋裡並關上門。

「華生，你來得正好。」

「咦，我以為你正在工作……」

「我是在工作，而且正聊到最精彩的時候。」

「那我去隔壁房間等你吧！」

「不用，沒必要迴避！威爾遜先生，這個人過去幫我解決了許多事件，可以說是我的助手，也可以說是我的伙伴，肯定也能幫上你的忙。」

福爾摩斯對著眼前的客人，如此這般的介紹我。

他口中那位名叫威爾遜的男人，從椅子上抬起胖墩墩的屁股，撐起長滿贅肉的眼皮，眼皮底下的小眼睛閃過一道精光，稍微朝我點頭致意。

「別站著，坐啊！」

福爾摩斯要我坐在長椅上，自己則深深坐進扶手椅，雙手的指尖交疊，這是他想事情時慣有的動作。

「華生，我從以前就喜歡奇怪的事，特別是那種在日常生活中絕不會發生的事。你也是吧？你自告奮勇為我記錄過去曾經解決的諸多事件，就是最好的證據。」

「嗯，我也覺得你經手的那些事件實在太有趣了。」

「你還記得吧？之前瑪莉·蘇沙蘭來委託我處理那個簡單的案子時，我曾說過的話——

『如果想碰到奇怪的事、不可思議的案件，就必須留意我們的日常生活。』

因為那些匪夷所思、讓人摸不著頭緒的事，都存在於真實生活中。」

「這點我倒是不完全贊同。」

聽到我提出反駁，福爾摩斯態度平靜地輕輕點頭，但還是忍不住繼續發表他對案件的想法。

「我想也是。不過啊，華生，你終究還是得認同我的意見。如果你不同意，我可以舉出一堆實際的例子，直到你贊成我的意見為止。

話說回來，這位傑佩茲．威爾遜先生來拜訪我，他剛才告訴我一件事。你知道嗎，那是我最近聽過最奇怪的事。

該說是順理成章嗎？世上所有匪夷所思的事，多半都與不大不小的犯罪有關。而且不知道為什麼，這些事情都藏有不確定是否真為犯罪、極為可疑之處。

如同我剛才聽到的，威爾遜先生的案子目前也還在不確定是否真正屬於犯罪的範圍內。」

福爾摩斯拜託眼前這位胖墩墩的男人：

「威爾遜先生，不好意思，可以請你把剛才的話再說一遍嗎？我想讓華生也知道事件的始末，我自己也想再聽一遍。因為此事非常特殊，即使是再微小的細節，我也不想遺漏。

平常我只要聽聞部分內容，就能參考過去經手的眾多事件，推測大概是怎麼一回事。可是這次的事就算我想破了頭，也想不到其他前例，所以無從推理起。」

威爾遜有些得意地挺起胸膛，從外套的內側口袋取出一份髒兮兮、皺巴巴的報紙，攤開在自己的膝蓋上，他撫平皺摺，低頭看著廣告欄。

過程中，我一直在觀察這位肥胖的男人，試圖模仿福爾摩斯的作法，從服裝及態度看出他是個什麼樣的人。

但是無論我觀察的再仔細，也看不出任何異常之處，除了威爾遜身材肥胖、動作遲鈍，自稱是英國商人。他身上穿的褲

子是鼠灰色的格子花紋，略顯鬆垮；上衣是不怎麼乾淨的黑色長版大衣，前面的釦子沒扣，露出淺咖啡色的背心；背心上有條黃銅的鍊子，鍊子尾端有個小巧的金屬吊飾。

旁邊的椅子上，擺放著磨破的絲質禮帽，以及領口的天鵝絨已經皺成一團的褪色咖啡色外套。

不管我再怎麼看，除了頭髮豔紅似火、表情看起來很不高興以外，這個人實在沒有特別顯眼的地方。

福爾摩斯很快就看穿我在嘗試什麼，微微一笑，搖頭說：

「這位仁兄過去做的是體力活、喜歡抽鼻菸、是共濟社

（始於英國，後來遍布全世界的祕密社團）的一員，去過中國、最近寫了很多字……這些一看就知道了。除此之外，我對他也沒有更多的了解。」

聽到這裡，傑佩茲．威爾遜嚇得跳了起來，手抓住報紙，兩眼發直地看著福爾摩斯。

「你怎麼知道這些細節？連我以前做過體力活都知道！簡直就像開天眼，不瞞你說，我以前是造船工人。」

「看你的手就知道啦！你的右手比左手大得多，這表示你曾過度使用右手，所以右手的肌肉特別發達。」

「原來如此，那麼鼻菸呢？還有共濟會的事情，你又是怎麼知道的？」

「真要仔細說明的話，反而很失禮，總之你遵循著共濟會嚴密的規則，戴著由尺和圓規構成的領帶夾。」

「哎呀，我真是太不小心了，那麼寫了很多字的部分呢？」

「你的右手袖子有十幾公分磨得很光滑，而左手肘靠在桌上的部分有補丁……通常只有寫了很多字的人才會這樣。」

「但是我曾去過中國，你又是怎麼看出來的？」

「你左手腕上面的魚刺青，只有中國才有吧？我曾稍微研究過刺青，還寫了這方面相關的書。為了美觀，將魚鱗上色也是中國特有的作法。

不僅如此，你的懷錶鍊子還垂著中國的錢幣，這麼看來，答案不是呼之欲出嗎？」

「佩服佩服！我還以為你變了什麼魔術，但仔細聽下來，道理其實很簡單呢！」

聽完說明，傑佩茲．威爾遜哈哈大笑。

福爾摩斯則嘆了一口氣。

「唉，早知道就不要詳細說明了。俗話說『所有不知道的事都是神祕、美好的。』像這樣從頭到尾說清楚、講明白，反而讓我原本就少得可憐的名聲，一下子又減少了一大半。言歸正傳，威爾遜先生，你找到徵人啟事了嗎？」

「嗯，找到了，就登在這裡，這是一切的起因，請你們先看一下。」

威爾遜用粗大的手，指著報紙的廣告欄說道。

我接過報紙，同時大聲唸出來：

募集紅髮會新成員——我們少了一名成員，所以在此募集。依照美利堅合眾國賓夕法尼亞州黎巴嫩市的艾澤凱亞・霍普金斯的遺言內容：成員的工作項目十分簡單、不需要費心，每週將支付四英鎊的薪水。

凡是身心健康、年滿二十一歲的紅髮男性都可以應徵。星期一的上午十一點，請本人親自前往艦隊街教宗府七號的紅髮會辦公室找鄧肯・羅斯面試。

「這到底是怎麼一回事？」

反覆看了兩遍這篇奇妙的徵人啟事，我忍不住大聲問道。

福爾摩斯噗哧一笑，坐在椅子上搖晃身體，這是他心情大好時的習慣動作。

「華生，這件事是不是很古怪？」

說完，馬上又對訪客提出請求：

「威爾遜先生，請仔細地告訴我們關於你自己的事、你的家庭，還有這篇徵人啟事是如何改變了你的生活？」

然後轉頭再拜託我：

「華生，可以請你先寫下那份報紙的名稱和日期嗎？」

「晨間紀事報，一八九〇年八月二十七日，剛好是兩個月前的廣告。」

「很好，那就麻煩你了，威爾遜先生。」

福爾摩斯催促著威爾遜，請他說出關於自己的故事。

小當鋪

威爾遜拭去額頭的汗水，開口說道：

「我在倫敦市中心的科堡廣場開了一家小當鋪，生意普普通通，最近光是要餬口都很不容易。

之前我曾經雇用了兩名店員，現在減少到只剩下一名，甚至連這位店員的薪水我可能也快要付不出來了。所以我提出建議，可以教他怎麼經營當鋪，但只能支付一半的薪水，如果他願意接受的話，就繼續來上班。」

「以現在這個世道，願意接受這種條件的青年很難得，他叫什麼名字？」福爾摩斯插話提問。

「他叫做文森・斯伯丁，不過他已經不是青年了，雖然我也不曉得他今年究竟幾歲，但我認為他真的是個非常細心又能幹的店員。

福爾摩斯先生！以他的能力，應該能找到更好的工作，輕鬆賺取比我能付給他的薪水多一倍的錢，但他真的只要求半薪就好了，所以我也十分樂意。」

「能以半薪僱到好員工，你真是幸運。現在這種好事可不多。那位店員也真是個怪人，與這則徵人啟事不相上下。」

「這倒也不盡然，他還是有缺點的！再也沒有比那傢伙更愛照相的人了，就連要做事的時候，他也拿出照相機，啪嚓啪嚓地拚命拍照。為了沖洗底片，他就像兔子鑽進洞裡似地把自己長時間關在地下室。這點實在讓人傷腦筋，但是念在他工作很勤奮，所以我就不計較了。」

「那個人現在還在你的店裡上班嗎？」

「沒錯。除了那個男人，還有一位十四歲的女孩負責幫忙簡單的打掃、燒飯等家務事……我家就只剩下這兩個人了。由於我的妻子早逝，也沒有其他家人，所以就我們三個人一起過著清靜、安貧樂道的日子。

但是這則徵人啟事攪亂了我的生活，大概是在八週之前，斯伯丁帶著這份報紙回來店裡，對著我說：

『老闆，真可惜我的頭髮不是紅色。』

『怎麼說？』

我好奇追問他原因。

『紅髮會缺少了一個人，只要能夠參加徵選成為會員，就能賺大錢呢！因為一直找不到人填補空缺，管理委員會正為了錢要花到哪裡去而發愁！要是我能把頭髮染成紅色，一定馬上加入，好好賺一筆。』

『稍安勿躁，你到底在說什麼？』我追問斯伯丁，關於事情的來龍去脈。

福爾摩斯先生！我整天待在店裡等客人上門做生意，經常好幾個禮拜都沒機會踏出大門一步，完全不知道社會上發生了什麼事，即使只是微不足道的新聞，我也能聽得很高興。

『老闆，您真的不知道紅髮會的事情嗎？』

斯伯丁一臉震驚地反問我。

『不知道。』

『真的假的？實在令人難以置信，老闆您分明有資格補上那個空缺。』

『問題是，我有必要特地去應徵嗎？』

『當然！一年就能賺到兩百英鎊，而且工作真的很簡單輕鬆，您可以利用做生意的空檔完成。』

聽起來條件很誘人，我深深受到吸引。再說，最近兩三年，當鋪的生意實在很清淡，要是每年能另外賺到兩百英鎊，無異是天降甘霖。

於是我拜託斯伯丁：

『可以告訴我更多詳情嗎？』

『沒問題。』

斯伯丁說完，馬上把那則徵人啟事拿給我看。

『您看了這個就知道了，在背後支持紅髮會這個組織的人是美國的大富豪——艾澤凱亞·霍普金斯。聽說他這個人很特別，過去曾因為一頭紅髮，遭遇許多不堪回首的事，所以他對同樣是紅髮的男人產生憐憫之心。

他臨死前留下遺言，將龐大財產全部交給管理人打理，並交代管理人將利息分給跟自己一樣擁有紅髮的男人，而且對方只需要做非常簡單的工作。據我所知，工作真的非常簡單，而且錢也給得非常乾脆。』

『既然如此，應該有很多紅髮男人應徵吧？』

『不，事情並非如此，依照規定只有成年的倫敦市民才能應徵，據說是因為那位美國人早年在倫敦發跡致富，所以想回報這座城市。

而且就算是紅髮，髮色太淺或太深也不能參加面試，必須是貨真價實的紅髮，有如燃燒的火焰般豔紅才行。如果您有意願應徵，可以去探一下究竟。不過，區區兩百英鎊可能請不動老闆親自出馬就是了。』斯伯丁說明的十分詳細。

福爾摩斯先生！如你所見，我的頭髮是不折不扣的紅色，絕不會輸給任何人。所以我那天提早打烊，與斯伯丁一起前往應徵地點，斯伯丁很了解紅髮會的規定，我認為帶著他肯定能幫上忙。

我這輩子從未見過那種光景——從南到北、由西至東，所有紅頭髮的男人看到徵人啟事，都聚集在市中心。這群人將艦隊街擠得水洩不通，教宗府周遭就像賣水果的貨車，堆滿了紅色的『橘子』。

我做夢也想不到，只用一則徵人啟事就從全國各地募集到這麼多紅頭髮的人。稻草色、檸檬色、橘色、磚紅色、愛爾蘭雪達犬的顏色、紅茶色、黏土色等等，琳琅滿目的紅髮都出現在這裡，卻沒看到真正燃燒似火的紅髮。

即便如此，我看到這麼多人在排隊等待叫號，壓根兒覺得自己不可能被選上。

但斯伯丁不讓我走，連推帶拉，拖著我撥開人群，將我送到辦公室的樓梯前。

人潮在樓梯的地方分成兩排，分別是抱著希望往上爬的人，以及被拒絕、頹然下樓的人。我們順利擠進上樓的人潮，不一會兒就進入了辦公室。」

威爾遜拿起鼻菸，放到鼻尖，試著努力回想起每個細節。

百科全書

「聽起來真是很有意思的體驗，請繼續說。」福爾摩斯催他把話說下去。

威爾遜接著描述進去辦公室之後的事情：

「裡面只有兩張木頭椅子和一張松木桌，有個身材矮小的男人坐在桌子前，他的髮色比我還要紅。眼前這位紅髮的矮個子，對著走進辦公室的其他應徵者講了兩三句話，找出他們的缺點，並打發他們回家。看樣子要雀屏中選，成為他們的成員並不是一件容易的事。

輪到我的時候，男人的態度突然變得殷勤，我們一走進辦公室，門就關上了，似乎有什麼祕密要告訴我們。

斯伯丁指著我說：

『這位是傑佩茲．威爾遜先生，前來應徵紅髮會的成員。』

『唉呀！我還沒見過像你這麼出色的紅髮，你及格了，請擔負起我們的希望。』

個頭矮小的男人先是後退一步，側著頭，直盯著我的頭髮看，看得我都有些不好意思了。然後他突然朝我衝過來，握住我的手，恭喜我通過面試。

『不過，為了慎重起見，請讓我檢查一下，失禮了。』

說完，個頭矮小的男人突然伸出雙手，抓住我的頭髮用力拉扯，因為實在太痛了，我忍不住叫出聲來。

『好痛啊，我眼淚都流出來了！』

聽見我求饒，個頭矮小的男人這才鬆手。

『你的紅髮是真的！沒有騙人。不瞞你說，之前有兩個人戴假髮、一個人染了頭髮來騙我，所以不得不出此下策。甚至還有人抹上鞋油想蒙混過去，人們怎麼會這麼愚蠢呢！』

個頭矮小的男人走向窗口，大聲宣布：

『已經找到人了！大家請回吧！』

樓下傳來失望的喧鬧聲，不一會兒，頂著紅髮的群眾就各自鳥獸散了，只剩下我和個頭矮小的男人。

『我叫鄧肯．羅斯，實不相瞞，我也有領紅髮會創始者遺留下的基金，威爾遜先生結婚沒？家裡有妻小嗎？』

我老實回答他的問題：

『我目前算是單身。』

聽到這裡，羅斯臉色大變，壓低嗓音回答：

『真傷腦筋，紅髮會的基金是為了幫助紅髮男人過日子，讓他們的家族得以繁榮而設立。真的很遺憾，既然你目前是單身，也就沒有資格可以領這筆錢。』

『這樣啊！』

我聽了大失所望，但也沒辦法強人所難。然而羅斯先生低頭考慮了兩、三分鐘後，抬起臉對著我說：

『換作是其他人，如果有這個缺點肯定不及格，但是像你這種有著一頭燦爛紅髮的人就另當別論了。好，你什麼時候能過來幫忙？』

『不瞞你說，我還要顧店。』

『別擔心，老闆，店裡的工作就交給我吧！』斯伯丁自告奮勇地說。

於是我問羅斯先生：

『工作時間是從幾點到幾點？』

『每天的十點到兩點。』羅斯先生回答。

我心想，當鋪通常傍晚才開始忙，特別是週四和週五的傍晚，正是生意最好的時候，因為這兩天剛好是發薪日（每週六）之前。我可以利用早上到中午這段時間離開店裡，如果店裡有什麼事，斯伯丁也會幫忙處理。

『這真是求之不得，薪水呢？』我繼續追問。

『每週有四英鎊。』

『工作內容是什麼？』

『真的只是一點瑣事，但上班時間必須待在辦公室，至少要待在這棟建築裡面。如果離開的話，你會永遠失去這份工作，以上是白紙黑字寫在遺囑的內容。』羅斯先生向我說明。

『既然每天只要花四小時，中途根本不需要離開吧？』

『那就好，不管是什麼理由都不行，無論是生病或是任何要緊事，只要離開這裡，你就會失去這份工作喔！』

『這份工作是指什麼呢？』

『抄寫大英百科全書，第一冊就放在這邊的書架上，你可以使用這裡的桌椅，但是要自己準備紙、筆和墨水，可以請你明天就來上班嗎？』

『沒問題！』

『那麼，傑佩茲．威爾遜先生，今天就先請回吧！你可以好好為自己慶祝一番，得到這麼寶貴的職位。』

羅斯先生點點頭，目送我們出去，我和斯伯丁一起回家。

接到這份天上掉下來的禮物，我高興得什麼事也不想做，整天都在想這件事。到了晚上，內心卻開始感到不安，我不知道那個人有什麼目的，總覺得今天的事不是天大的惡作劇，就是一場騙局。

世界上真有人會留下那種遺言嗎？真有人會花大錢請人從事抄寫大英百科全書這麼簡單的工作嗎？

為了讓我重新打起精神，斯伯丁工作得特別賣力。可是直到睡覺時間，我仍舊悲觀的只想放棄這份工作。然而一覺醒來，我又改變了主意，對自己喊話：

『總之，先去看看吧！』

我買了墨水和鵝毛筆、七張紙前往教宗府。令人驚訝的是，一切都跟昨天說的一樣，桌子也準備好了，讓我喜出望外。羅斯先生確認我真的能勝任這份工作，看到我開始從A行抄寫大英百科全書後，他便出去了。

不過，他常常會來看我工作進行得順不順利，到了兩點，見我抄好了許多內容，他會給予稱讚並向我道別：『明天見。』我一走出去，他就鎖上辦公室的門。

從此以後，每天都是重複的生活。到了星期六，羅斯先生會按照約定付給我整週的薪水，總共是四枚一英鎊的金幣。下週、再下週……如此周而復始，我每天早上十點準時去辦公室，待到下午兩點才回家。

漸漸地，羅斯先生從每天早上都會過來，變成只來其中一天，到後面他根本就不來了。儘管如此，我仍寸步不離地待在辦公室，因為我不曉得羅斯先生什麼時候會來突擊檢查，我可不想失去這麼好的工作。

就這樣過了八週，我抄完亞培（Abbott）、射箭（Archery）、阿瑪（Armagh）、建築（Architecture）、安蒂卡（Atiqah）……即將進入B開頭的部分。在這段時間，買紙花了我很多錢，當抄好的紙快要堆滿一個櫃子時，工作突然結束了。」

「結束了？」福爾摩斯和我幾乎同時說出口。

「他們叫我不用再去了！就在今天早上，我跟平常一樣十點抵達辦公室時，發現門鎖著，門上用圖釘釘著一張紙。就是這個，請兩位過目。」

威爾遜遞出一張白色的紙板，上頭寫著以下的字：

紅髮會即日起解散。

一八九〇年十月九日

福爾摩斯和我輪流打量著這張陽春的通知單，再對照此時威爾遜臉上傷心欲絕的表情，因為這整件事情實在是太詭異了，我們忍不住笑出聲來。

羅斯的去向

威爾遜整張臉漲紅到髮際線，大聲嚷嚷：

「有什麼好笑的！如果你們只想看我笑話，那我就去找別人幫忙了！」

「請息怒。」福爾摩斯將舉起拳頭咆哮的客人按回椅子上。

「恕我失禮，因為這件事實在太特別、太有趣了。這麼稀奇的事件，我們也不想錯過任何細節。對了，看到釘在門上的厚紙板時，當下你做何反應呢？」

在福爾摩斯的提問下，威爾遜接著說：

「當然是大吃一驚啊！我不知道該如何是好，我甚至問了同一棟建築裡的其他辦公室，但是沒有人知道出了什麼事。最後問到住在一樓的會計師房東，他居然說他根本沒聽過紅髮會，也沒聽過鄧肯．羅斯先生的名字。

迫不得已，我只好鉅細靡遺地向他說明羅斯先生的事。

『就是住在四號房的人啊！』

『哦，你說那個紅頭髮的男人嗎？』

『就是他。』

『那個人叫威廉・莫里斯，是個律師，他要我暫時把房間租給他，直到他找到新的辦公室為止，剛好今天早上搬走了。』

『你知道他搬去哪裡嗎？』

『你是指新的辦公室嗎？他有告訴我地址，我想想看……愛德華國王街十七號，就在聖保羅大教堂隔壁。』

房東親切地提供資訊，我立刻趕去查看。不料那個地址只有一家製造護膝的工廠，我向工廠進一步打聽，結果別說是鄧肯．羅斯，就連威廉．莫里斯的名字，也沒有人聽過。」

「後來呢？」福爾摩斯繼續追問。

「我回到位於薩克森．科堡廣場的當鋪，找斯伯丁商量，他也束手無策，只是要我耐心等待，說不定對方會寫信給我。但我覺得這可不行，我不想就這樣失去這麼好的工作。

福爾摩斯先生！我從以前就聽過你的大名，聽說你很願意協助需要幫忙的人，所以才前來找你。」

「這樣啊！這件事真是太奇妙了，我很樂意幫忙，一路聽下來，這件事或許會牽扯到出人意料的重大案件。」

「當然是非常重大，這關係到我每週四英鎊的收入。」

「但你也沒有立場指責那個奇怪的紅髮會，畢竟你因為抄寫了大英百科全書而獲益，至少額外賺了三十英鎊，你並沒有任何損失。」

「話是這麼說沒錯，福爾摩斯先生，但我想知道那群人的真面目，也想知道他們為什麼要惡作劇？如果是為了捉弄我，成本未免也太高了，總共花了三十二英鎊。」

「是不是為了捉弄你，這點遲早會水落石出，在那之前，威爾遜先生，我想請教你幾個問題。首先，你是從什麼時候開始僱用他——告訴你紅髮會這則徵人啟事的店員？」

「大約是徵人啟事的一個月前。」

「他是怎麼找上你的呢？」

「他看到我刊登的徵人廣告，自己主動上門應徵。」

「只有那個人來應徵嗎？」

「不只他一個，至少來了十個人以上。」

「那你為什麼會選中那個男人？」

「因為他聰明伶俐，而且不介意低薪。」

「如果我沒有記錯，薪水只有行情的一半？」

「是的，你沒記錯。」

「那位文森．斯伯丁長得如何？」

「個子雖小，但肌肉很結實，做事也很謹慎，明明已經不年輕了，卻沒有留鬍子，額頭有個白色胎記。」

聽到這句話，福爾摩斯面色凝重地重新坐回椅子上。

「果然不出所料，但你沒注意到那個男人有耳洞嗎？」

「有啊！我發現了，他說是小時候被吉普賽人穿的耳洞。」

「是否如此還很難說！」

福爾摩斯靠著椅背，陷入沉思，過了好一會兒又問道：

「那個男的還在店裡嗎？」

「在啊！我剛才出門的時候，他還在店裡工作。」

「就算你不在店裡，也不會擔心嗎？」

「確實不用擔心，因為上午通常不會有什麼重要的事。」

「我明白了，威爾遜先生，再過一兩天，我就能向你報告我的想法。今天是星期六，我會在星期一之前查明此事。」

福爾摩斯誇下了海口，然後送威爾遜離開。

看不見的另一面

「華生，你對這件事有什麼看法？」

訪客離開後，福爾摩斯開口詢問我的意見。

「完全摸不著頭緒，好詭異的事件。」我老實回答。

「基本上，看起來越詭異的事件，通常越簡單；反而是那種平凡無奇，乍看之下毫無特色的事件越難解決。不管如何，這件事如果不趁早解決，可能會變得很麻煩。」

「你有什麼打算？」

「我打算先抽個菸，等我抽完三支菸斗的菸，大概就能解決這個問題了，接下來的五十分鐘，請不要跟我說話。」

福爾摩斯整個人縮在椅子上，瘦瘦的膝蓋抵著尖尖的鼻子，閉上雙眼，有如怪鳥般吸著黑色的陶製菸斗。看樣子，他好像睡著了，連我都有點睏了。冷不防，福爾摩斯像是下定什麼決心，突然站起來將菸斗放在暖爐上。

「聖詹姆斯音樂廳下午有薩拉沙泰的演奏會，華生，你可以休診兩、三個小時嗎？」

「今天診所門可羅雀，沒什麼病人，我已經說過好幾次了，我的工作沒有那麼忙。」

「那就戴上帽子，跟我一起去吧！我想先去市中心，途中順道吃個午飯。從演奏的節目表看來，似乎以德國曲目居多，比起義大利或法國的曲子，更符合我的喜好。德國音樂能讓人保持專注，我現在正想好好地深入思考事情，走吧！」

我們搭地下鐵到愛德思門站，從那裡再走一小段路，進入薩克森．科堡廣場，也就是我們今天早上聽到那起離奇事件的現場。這個地方小得要命，有一排兩層樓的房屋，外觀的磚塊已經被燻黑，底下則是一小塊空地，四周用鐵欄杆圍起來。

空地裡雜草叢生，褪色的月桂樹無懼髒兮兮的空氣，似乎不受影響，長得很茂盛。

轉角的房屋掛著當鋪標誌的三顆鍍金球，以及用白色字體寫著「傑佩茲．威爾遜」的招牌，這裡就是福爾摩斯的目的地——紅髮訪客的店面。

福爾摩斯在店門口停下腳步，側著頭、瞇著眼睛，目光炯

LSON

炯地往四周張望。他慢慢地走到大馬路，再回到轉角，以銳利的眼神盯著這一帶的每戶人家，最後拿起拐杖用力敲了地磚兩、三下，再敲當鋪的門。

門馬上打開了，有個看起來聰明伶俐、沒有留鬍子的男人出來應門。

「歡迎光臨，請進。」

「多謝，我想去岸濱街，可以告訴我該怎麼走嗎？」福爾摩斯詢問應門的男人。

「在第三個街角右轉，再從第四個街角左轉就到了。」

店員只說了這些，就轉身把門關上了。

「確實是很謹慎的男人，在我看來，他是倫敦第四謹慎的人。然而在膽量這方面，說他是排名第三也不為過，我以前見過很多這種男人。」

福爾摩斯在離開當鋪之後，發表他的觀察。

「那個店員肯定跟這次的紅髮會事件脫不了關係，你故意問路，是為了觀察他嗎？」

「我要看的不是那個男人。」

「那你剛才是在看什麼？」

「我主要是為了想看他的長褲膝蓋。」

「膝蓋？你有什麼發現嗎？」

「果然如我所料。」

「還有你剛才敲打地磚，又是為了什麼？」

「華生，現在是觀察的時刻，不是聊天的時刻。我們是潛入敵營的間諜，先對科堡廣場有一定的了解之後，再檢查後面的街道吧！」

從薩克森．科堡廣場轉出去的街景就像圖畫的正反兩面，截然不同，那條路是從倫敦市中心通往北方與西邊的主要幹道之一。雙向通行的道路上車水馬龍，兩邊的人行道則被形色匆匆的人潮擠得水洩不通。

看到鱗次櫛比的美麗商店與氣派豪華的商業大樓，實在很難想像後面是毫無風情可言的破敗街區。

福爾摩斯站在街角，望向街道。

「來吧！我們要來記住這些房屋配置，深入了解倫敦的街道規畫是我的興趣之一。離我們最近的是莫提默的店，然後是香菸攤、賣報的小店、科堡銀行的分行、蔬食餐廳、麥法蘭馬車製作所等等，依序林立，再過去就是另一區了。

好了，華生，工作到此告一段落，接下來是享樂的時間。我們先吃點三明治、暢飲咖啡，接著就前往小提琴的國度吧！那個世界比這裡美好太多了，也不用擔心紅髮訪客找上門，帶來令人費解的事件。」

福爾摩斯熱愛音樂，不只自己擅長演奏，同時也是優異的作曲家。這天下午，福爾摩斯坐在一樓最好的座位，享受至高無上的幸福，細細長長的手指配合音樂打著節奏。

實在很難把這張平靜安穩、面帶微笑的臉，擁有做夢般眼神的人，與冷若冰霜、毫不留情地揭穿犯罪，將犯人逼入絕境

的名偵探聯想在一起。

福爾摩斯有兩種性格，這兩種性格會輪流出現，用於壓制對手。一種是正確、迅速地解決問題的性格；另一種性格，則是喜歡靜靜地沉浸在如夢似幻的詩作或音樂的世界裡。兩種性格瞬息萬變，有時讓人以為他連著好幾天都只是在發呆，但是突然又充滿行動力，集中所有的精力解決掉某個問題。

當福爾摩斯成天坐在扶手椅專心作曲或是拉小提琴、讀書時，是他最可怕的時候，因為在那之後，他會展現非比尋常的推理能力，讓案件有突破性的進展。

那天的午後，看著福爾摩斯在聖詹姆斯音樂廳陶醉地聆聽音樂，我不禁有點同情被他盯上的犯人，因為那個人肯定不會有好下場。

走出音樂廳時，福爾摩斯開口問我：

「華生，你要馬上回家嗎？」

「我是這麼打算的。」

「我還有一些費勁的事要處理，這次是非常嚴重的事件。」

「怎麼說？」

「有人正在計劃重大的犯罪，現在還來得及阻止，但難就難在今天是星期六，今晚我需要你的幫忙。」

「幾點？」

「十點的話應該來得及。」

「那我晚上十點去貝克街跟你會合。」

「麻煩你了，華生，情況可能會有點危險，你要記得帶上軍用手槍。」

說完，福爾摩斯揮揮手，轉眼間便消失在人群裡。

地下室

我從來不覺得自己比別人笨，但是在夏洛克．福爾摩斯面前，我總覺得自己是個蠢蛋，常為此感到無地自容。

今天一整天，我和福爾摩斯聽了同一件事、看了同一場表演，但是從福爾摩斯的話語中，截至目前的原委當然不用說，他似乎已經預料到這件事接下來會怎麼發展。但我仍然看不清事情的全貌，有如丈二金剛，摸不著頭腦。

我坐馬車回到位於肯辛頓的家，重新回想抄寫大英百科全書的紅髮男人，關於他的離奇遭遇、我們前去當鋪的過程，以及與福爾摩斯告別時，他那句意味深長的話。

今晚會是怎樣的冒險呢？

為什麼要帶手槍？

要去哪裡？做什麼事？

福爾摩斯的語氣透露著，那個沒有留鬍子、臉上也沒有表情的男人似乎是個非常危險的惡棍，正在計劃可怕的陰謀。

我試著解開這個謎團，但最終還是放棄了，不管怎樣，今晚就會真相大白。

當天晚上，我九點十五分出門，穿過海德公園，再經過牛津街，前往貝克街。

福爾摩斯的住處門口停著兩輛雙輪馬車，我一踏進走廊，就聽見二樓傳來說話的聲音。他正與兩個男人在房間裡談得非常熱絡，其中一位是我也認識的警官——彼得·瓊斯，另一位身材瘦高、表情陰鬱的陌生男人，戴著亮晶晶的帽子，穿著高級的長大衣。

「你來得正好，這下子人都到齊了。華生，你也認識倫敦警察廳的瓊斯警官吧？這位則是梅利威瑟先生，歡迎加入今晚的冒險。」

福爾摩斯主動向我介紹穿著長大衣的男人。

「我又來幫忙了，華生醫師，福爾摩斯先生是追捕獵物的名人，為了追捕到獵物，再加一條能幹的狗也無可厚非。」

瓊斯跟平常一樣，說話喜歡裝模作樣。

「但願引起軒然大波後，抓到的不會是一隻鳥。」

梅利威瑟以低沉的嗓音提出質疑。

「不，這點倒不用擔心，福爾摩斯先生有自己的方法，他的想法雖然有點跳躍、而且滿口大道理，但是身為偵探，做事倒是有模有樣。他也解決過舒爾托少校殺人事件及安哥拉寶藏事件，掌握到的真相比正牌的警察更正確。」

瓊斯警官引以為傲地說出福爾摩斯的事蹟。

「你都這麼說了，那我就相信你們吧！不過，今晚不是聚在一起打橋牌真是太掃興了，這可是我二十七年來，第一次週末夜晚沒有打橋牌。」

梅利威瑟說話的表情，看起來似乎真的覺得很可惜。

福爾摩斯胸有成竹的說：

「請拭目以待，今晚將成為你這輩子最大的賭注，肯定比橋牌更緊張刺激。梅利威瑟先生，對你而言是三萬金鎊的豪賭；瓊斯警官，對你來說則是能否抓到從以前追查到現在的犯人，事關重大。」

「約翰．葛雷是殺人犯、是小偷，是個金玉其外、敗絮其中的傢伙，年紀輕輕就不學好，在全倫敦的犯罪者當中，我最想要讓他扣上手銬了。

約翰．葛雷就是這麼惡貫滿盈的壞蛋，他的祖父是繼承皇室血脈的公爵，他本人也從歷史悠久的伊頓中學考上牛津大學。更重要的是，這傢伙非常聰明，手段也很巧妙，只要有重大刑案，幾乎都跟葛雷脫不了關係，但我們卻完全掌握不到他的行蹤。

明明這週才在蘇格蘭搶劫，下禮拜又說要在康沃爾蓋孤兒院，請社會大眾募捐，他就是這樣的男人。

我從幾年前就開始追查這個人，但至今連他長什麼模樣都還不知道。」瓊斯警官一口氣說完了他的心得。

「今晚大家一定能合力把那傢伙引出來，我見過約翰．葛雷一、兩次面，也同意瓊斯警官的見解，這傢伙是數一數二的惡棍。話說回來，已經十點多，是時候該出發了，梅利威瑟先生與瓊斯警官，請搭乘前面的馬車，我和華生搭後面這輛。」

福爾摩斯交代完畢，便催促我們上車。

跳上馬車後，福爾摩斯一路上幾乎都沒說話，嘴裡哼著今天下午在演奏會聽到的旋律。

兩輛馬車蹥蹥作響地行駛在入夜的路上，兩側的瓦斯燈已經點亮，沒多久便抵達法靈頓街。

福爾摩斯這時才開口：

「我們就快到了，華生。那位名叫梅利威瑟的人是銀行的高層主管，與這件事有直接的關聯，事關重大，因此我認為最好也請瓊斯警官同行。

雖然瓊斯警官的辦案能力糟到不能再糟，但人不壞，而且他有一個優點，就是像鬥牛犬般勇敢，一旦咬住對方，便會像螯蝦一樣絕不鬆口。嗯，到了！那兩位坐在前面馬車上的紳士正等著我們。」

這裡正是我們今天早上經過的熱鬧大街，下車後，福爾摩斯命馬車調頭駛離，一行人由梅利威瑟帶路進入狹窄的巷子，並鑽進他特別為我們打開的側門。

門內是條狹窄的走廊，走廊盡頭有一扇鐵門。打開那扇門，順著石頭砌成的螺旋梯下樓後，眼前又是一扇堅固的門。梅利威瑟停下腳步，點亮方形提燈，打開第三扇門，接著帶我們走進類似地下室的巨大洞穴，周圍的牆邊堆滿了籃子及巨大的箱子。

「似乎不用擔心有人從上面攻擊我們。」

福爾摩斯舉起方形提燈，照亮四周。

「也不用擔心來自下方的偷襲。」

梅利威瑟用拐杖敲了敲地磚。

「咦？聽起來好像是空心的！」

「安靜點！你想讓我們的行動曝光嗎？請你坐在那邊的箱子上，不要妨礙我。」

福爾摩斯嚴厲地說。

「知道了啦！」

梅利威瑟一臉不悅地坐在箱子上。

與此同時，福爾摩斯跪在地上，利用方形提燈的光線和放大鏡仔細檢查石頭與石頭之間的縫隙。他只花了兩、三秒鐘就心滿意足地站起來，將放大鏡收回口袋。

「至少還有一個小時的時間，因為那群壞蛋必須等善良的當鋪老闆沉沉睡去才能繼續開工，他們得快點完成工作，才有足夠的時間逃跑。

華生，你也注意到了吧？我們正在倫敦最大的銀行地下室，梅利威瑟先生是這家銀行的幹部，他將說明為何這群倫敦的頂級壞蛋會鎖定這個地下室。」

「全都是為了我們銀行的法國金幣，我早就有預感，遲早會被歹徒盯上。」
梅利威瑟說話時刻意壓低聲線。
「什麼法國金幣？」
我也小聲地反問。
「幾個月前，我們為了增加銀行的資金，借來了三萬枚法國金幣。不料，那批金幣連同箱子放在這個地下室的風聲走漏出去了。
現在我屁股下面坐的箱子，裡面裝有兩千枚拿破崙金幣，外面再用鉛板包起來，從來沒有一家分行保管過這麼多的金幣，所以高層主管們都很擔心。」

「我想也是，接下來就開始擬訂作戰計畫吧！不到一個小時後，這件事就會進入最後的高潮，梅利威瑟先生，請遮住那盞方形提燈的光線。」

福爾摩斯下指令請梅利威瑟幫忙。

「你要在伸手不見五指的黑暗中等待嗎？」

但是，梅利威瑟對此提出質疑。

「真拿你沒辦法，我口袋有一副撲克牌，我們剛好有四個人，難不成要在這兒玩你最喜歡的橋牌？可惜對方的計畫似乎進行得很順利，所以開著燈很危險。

總而言之，先來決定我們的備戰位置，對方是一群心狠手辣的人，就算想發動突襲，可能也會遭到反擊，我會躲在這個木箱的後面，請你躲在那邊的陰暗處。

當我把燈光照向敵人時，請立刻衝上去制服對方，萬一對方開槍，華生，你也不用客氣，儘管開槍。」

福爾摩斯清楚明快地下令。

我蹲在木箱後面，拉起擊錘，把槍放在箱子上，以便隨時都能射擊。

「我要擋住光線了。」

福爾摩斯用一塊板子擋在方形提燈前。

四周暗了下來，眼前陷入前所未有的漆黑，空氣中瀰漫著金屬生鏽的味道。至於燈光為什麼不直接熄滅？是為了隨時都能瞬間照亮地下室。

沒錯，就是現在……我整個人繃緊神經，感覺地下室潮濕的空氣令人呼吸困難。

白色手臂

「那群人只有一條路可以逃，就是通往薩克森·科堡的路，瓊斯警官，你是否按照我拜託你的事，預先安排好了？」

福爾摩斯小聲問他。

「我已經派兩名警探和員警在門口監視著。」

「很好，這樣應該就能滴水不漏了，接下來，我們只要安靜等待魚兒上鉤。」

福爾摩斯丟下這句話後，就閉上嘴巴不再說話。

問題是，伸手不見五指的黑暗令人感覺度日如年，可能只過了一小時十五分，但我總懷疑是否天亮了，太陽是不是已經出來了？

因為不敢亂動，我覺得手腳好痠、全身僵硬，但是感官反而變得異常敏銳，甚至可以聽見壯漢瓊斯又深又重的呼吸，以及銀行高層梅利威瑟先生發出細而短促的嘆息。

隔著躲藏的木箱，我可以看到一部分的地板，突然一道光線在地磚上滑動。

起初只是一道銀白色的閃光，逐漸拖著長長的尾巴，變成一條黃色的線，接著再無聲無息地從地板上岔開，伸出一條人類的手臂。

那條雪白的手臂活像是女人的手，在光線的中央摸索，手指就這麼在地板上摸了一、兩分鐘。

然後那隻手又不聲不響地縮了回去，地磚的裂縫只剩下銀白色的光線，周圍恢復一片漆黑。

但這也只是一瞬間的事，耳邊隨即傳來轟然巨響，只見大塊的白色地磚被掀起一角，露出四方形的洞，洞裡透出方形提燈的光線。

有張輪廓分明的男性臉龐出現在光線裡，目光炯炯有神地看著四周。接著，男人用手撐住洞口兩旁，探出上半身，一條腿跨在地板邊緣，身手矯捷地爬出來站在洞穴旁邊。

他俯身把伙伴拉出洞外，第二個男人也長得瘦瘦小小，臉色蒼白，頂著一頭亂糟糟、紅似火的頭髮。

「事情進行得很順利。」打頭陣的男人小聲說道。

兩人站在洞口邊緣，竊竊私語著。

「有帶鑿子和袋子吧？啊！不可以！快下來，阿奇，快下來！別胡鬧，不然我擰斷你的脖子！」

打頭陣的男人突然大吼大叫。

與此同時，夏洛克．福爾摩斯從木箱後一躍而起，揪住剛才那個男人的衣領。

另一個男人想跳回洞裡，卻被瓊斯抓住上衣，耳邊傳來撕破衣服的聲音。

燈光照亮槍身，閃過一道寒光。

「危險！」

福爾摩斯的鞭子在空中飛舞，擊中男人的手腕，手槍掉在地板上，發出輕脆的聲響。

「沒用的，約翰．葛雷，放棄掙扎吧！」福爾摩斯老神在在地說。

「嗯，我也覺得放棄掙扎才是明智之舉。不過，我的同伴雖然被抓住衣服下襬，但好像還是順利逃走了。」對方的態度也很冷靜。

「外面有三名警官守著。」

「原來如此，勝負已定了嗎？雖然你是我的敵人，但我還是很佩服你。」

「我也很佩服你，竟然能想到紅髮會徵選這招，實在是別出心裁，手法很高明。」

福爾摩斯讚美對方的小聰明。

「我馬上就讓你跟你的伙伴相會，那傢伙在洞裡穿行的速度似乎比我還快，來吧！把手伸出來，讓我為你扣上手銬。」

瓊斯不苟言笑地說。

「別用你那雙髒手碰我，別看我這樣，我身上也流著皇室的血液，如果有話想跟我說，請先恭敬地喊我一聲『閣下』或『啟稟主子』再說。」

即使束手就擒，葛雷仍虛張聲勢地下令。

「沒問題，啟稟閣下，請隨我上樓，馬車正在外面，等著帶你回警局。」

瓊斯強壓下怒氣，苦笑著答應葛雷的要求。

「算你懂規矩。」

約翰．葛雷看來非常沉得住氣，他向福爾摩斯和我、以及梅利威瑟點頭告辭，靜靜地隨瓊斯走了。

緊接著，我們也離開地下室。

這時，梅利威瑟終於有機會開口：

「福爾摩斯先生，不知道該怎麼向你道謝才好，也不知道如何酬謝你。我僅代表銀行，感謝你阻止了這麼一樁聞所未聞、前所未見、膽大包天的銀行搶案，還幫我們抓到歹徒。」

「我本來就想找約翰．葛雷算帳，而且這次的事件只花了一點經費，這部分我會向銀行請款。你就不用再另外給我謝禮了，畢竟我也從這件事得到非常多特別的經驗，還得知紅髮會這麼有趣的組織，這樣就夠了。」

福爾摩斯微笑回答。

第二天一早，福爾摩斯在貝克街的住處喝著威士忌蘇打，為我說明整件事的前因後果。

「華生，我打從一開始就知道，紅髮會之所以刊登那篇奇怪的徵人啟事，還有僱用不怎麼聰明的當鋪老闆抄寫百科全書的目的，是為了讓他每天離開當鋪幾個小時。

作法雖然異想天開，卻也沒有更好的方法了，這想必是聰明的葛雷看到同伴的紅髮想出來的點子。為了讓當鋪老闆離開店裡，不惜每週付他四英鎊，對他們而言，這點小錢實在算不了什麼，因為幾千英鎊才是他們的目標。

他們先是登報徵人，然後一個人負責準備辦公室，另一個人慫恿當鋪老闆去應徵。換句話說，兩人合力設下圈套，目的是每天讓當鋪老闆離開店裡幾個小時。

自從聽到那個店員是用行情一半的薪水僱來的，我就明白一切了，因為那個店員有著無論如何都必須留在那家店裡工作的動機。」

「問題是，你怎麼知道他們的目的？」我提出心中疑問。

「如果那家店有美女，或許還有可能是感情糾紛，但又不是這麼回事。那家當鋪的規模很小，也沒有任何值得這麼大費周章的值錢東西。

既然如此，問題應該出在那家店本身，究竟是什麼呢？我突然想起那名店員很喜歡拍照，動不動就窩在地下室的事。所以我認為，解開謎團的鑰匙可能就藏在地下室。

於是我仔細調查那名不可思議的店員，發現那個男人竟是倫敦最陰險狡詐、膽大包天的罪犯。葛雷每天花數小時，連續好幾個月在地下室鬼鬼祟祟地做什麼？到底是什麼呢？我只能想到他在挖地道，想通往其他地方。

和你一起去現場的時候，我就已經心裡有數了，我敲打地磚的舉動不是嚇了你一跳嗎？當時我其實在確認地道是通往前面還是通往後面，確定至少不是通往前面。

然後我按下門鈴，不一會兒，店員便出來應門。我和那男人交過幾次手，但彼此尚未正式打過照面，這次也幾乎沒看清楚他的臉，因為我想看的是那傢伙的膝蓋。

你大概也發現了，那傢伙長褲的兩個膝蓋都磨破了，不僅皺巴巴、而且還髒兮兮的，正是連著好幾天都在挖洞的證據。那麼最後只剩下一個問題，為什麼要挖洞？

於是我轉過街角，發現當鋪背後是銀行，這麼一來，謎題全解決了。聽完音樂會，你搭馬車回去後，我先前往倫敦警察廳，再去拜會銀行的高層，接下來就如同你親眼看到的那樣。」

「但你怎麼知道那群惡棍昨晚會採取行動呢？」我有太多疑點想問福爾摩斯。

「他們之所以關掉紅髮會的辦公室，是因為就算當鋪老闆待在店裡也不礙事了，也就是說，地道已經挖通了。他們想馬上利用那條地道，因為再拖下去，地道可能會被發現，金幣也可能會被移到別的地方保管。

另外，週末是最適合採取行動的日子，因為銀行禮拜天休息，他們的罪行要等到星期一才會曝光，在那之前有兩天的時間可以逃亡，所以我推測他們昨晚會動手。」

「真是精采的推理，從頭到尾都環環相扣。」

我由衷地讚美福爾摩斯。

「拜紅髮會所賜，這幾天過得一點都不無聊，不過，事情解決後……唉，似乎又要開始無聊了。看樣子我這輩子只能努力忍受無聊，幸好偶爾會發生像這樣有趣的案件，不至於無聊難耐。」

福爾摩斯邊打哈欠邊說。

「別這麼說，你可是大家的恩人。」

我繼續稱讚他，福爾摩斯聳聳肩。

「法國文豪福樓拜曾寫過一句話送給同樣是法國人的女性作家喬治．桑：『人死了就灰飛煙滅，可是作品會流芳百世。』我也是如此，希望能幫上大家一點忙就好。」

第二話

波希米亞的醜聞

A Scandal in Bohemia 1891

貝克街

夏洛克．福爾摩斯總是稱艾琳．艾德勒為「那個女人」，我從未聽他喊過她一聲艾琳或艾德勒。在福爾摩斯眼中，艾琳以外的女人都只是一抹褪色的殘影。

不過，福爾摩斯不可能愛上艾琳，愛情這種東西，對福爾摩斯而言只是絆腳石。

就我所知，福爾摩斯具有舉世無雙的推理力與觀察力，但是一說到戀愛，卻只有小學生等級。每次提到風花雪月的事情，福爾摩斯不是顧左右而言他，就是嗤之以鼻。

他在推理懸案的時候，內心就像機械一樣精密，一旦混入談情說愛的雜質，就無法正常運作。

然而，只有一位女性令福爾摩斯難以忘懷，那就是艾琳·艾德勒——他口中的「那個女人」。

這次的故事記錄了福爾摩斯與艾琳相遇的案件。

那陣子，我幾乎沒和福爾摩斯見面，因為我結婚了，住家距離貝克街有點遠，加上我沉醉在與家人相處的幸福時光裡，一心只有自己的家庭。

福爾摩斯還是一樣討厭與人交際應酬，成天窩在貝克街的住處，潛心研究各種犯罪案件，偵破許多警方解決不了、難以處理或匪夷所思的案件。

例如特列波夫殺人事件、艾肯兄弟離奇的殺人事件，我還聽說他明快地解決了荷蘭皇室委託他的工作。

福爾摩斯大顯身手的事蹟都刊登在報紙上，無人不知、無人不曉，但是就連他的好朋友、身兼工作伙伴的我，也只知道報紙寫的那些內容。

某天夜裡，說得更精準一點，是一八八八年三月二十日晚上，我去患者家看診，回程偶然路過貝克街，經過令人懷念的二二一號B大門口前，很想見見福爾摩斯。好久沒見識福爾摩斯異於常人的推理能力，突然很想回味一下。

抬頭一看，福爾摩斯的房間亮著燈，百葉窗裡兩次閃過瘦瘦高高的人影，雙手背在後面，低著頭，在房間裡走來走去。

我熟知福爾摩斯的習慣，光是看到百葉窗後面的動靜和姿勢，就知道他又在專心思考案件了。

我按響門鈴，走進以前和福爾摩斯一起住的房間。

福爾摩斯的態度依舊淡定，但顯然很高興我來拜訪。雖然他連聲招呼都不打，只用柔和的眼神看著我，以手勢示意我坐在扶手椅上，然後打開裝雪茄的盒子，指著房間角落的酒瓶和製造蘇打水的工具。

福爾摩斯還是老樣子，站在暖爐前，露出陷入沉思的表情，目不轉睛地盯著我看。

「看樣子，你的新婚生活很美滿呢，華生，你似乎比我上

221B

次見到你的時候胖了三點五公斤。」

「才怪！只有三公斤而已。」

「是嗎？可是看起來應該不只如此，還有，你又開始執業當醫生了，雖然你什麼也沒告訴我……」

「我確實是什麼也沒說，但你是怎麼知道的？」

「推理啊！我還知道你最近被雨淋成落湯雞，而且你家有個非常不機靈、動作很粗魯的傭人。」

「老天，這真是太神奇了！你要是早出生個兩、三百年，大概會被當成巫師，推上刑場、架在火上烤吧。我在星期四行經鄉間小路時，突然下起傾盆大雨，淋得溼答答地回家。可是我都已經換了衣服，你怎麼還能推理出下雨的事？

還有，我家那個名叫瑪莉．珍的女傭真的很邋遢，完全派不上用場。我老婆終於受不了，決定要她捲鋪蓋走路，你怎麼連這種事都知道？」

「很簡單啊！你左腳的鞋子內側，剛好也是被暖爐火光照亮的地方，明顯有六條平行的傷痕，推測是動作粗魯的人在刷掉鞋底邊緣泥巴時，不小心刮傷的痕跡。

從這點可以推理出兩件事：一是你曾經在天氣不好時出

門，二是你家的女傭是全倫敦最粗魯的女人，粗魯到會刮傷主人的鞋子。

還有，你身上充滿消毒藥水的味道、右手食指有被硝酸銀染黑的痕跡，加上絲質禮帽的一邊隆起，剛好可以把聽診器放進去……知道這麼多線索，如果還猜不出這個人的現職是醫生，才是真的奇怪吧？」

聽完福爾摩斯的說明，我不禁笑逐顏開，因為這些確實是非常簡單的推理。

「每次聽完你的說明，總覺得簡單到不行，彷彿就連我也能推理得出來。但實際上，在你說明之前，我根本不知道你是怎麼推理出來的，真慚愧，明明我的視力也不比你差啊！」

看我連聲嘆氣，福爾摩斯點燃香菸，坐在扶手椅上回答：

「話是這麼說沒錯，但你即使跟我看著相同的東西，也只是看到而已，並未深入觀察。看到與觀察完全是兩碼事，舉例來說，你應該看過很多次從大門口通往這個房間的樓梯吧？」

「嗯，對呀！」

「大概看過幾次？」

「少說也有上百次吧！」

「那我問你，樓梯一共有幾階？」

「臺階的數量嗎？我不知道。」

「我想也是，因為你只是看到，並沒有觀察，我想表達的就是這點。像我就知道樓梯一共有十七階，因為我不只看到，還加以觀察，不過看到與觀察的討論到此為止。既然你過去一直記錄我參與過的事件，或許你對這次的案子也會有興趣。」

福爾摩斯將攤開在桌上、厚厚的粉紅色信箋遞給了我。

「你念出來聽聽。」

奇妙的來信

那封信沒有日期，也沒有寫上寄件人的名字和地址。

內容如下：

今晚八點十五分前，將有人去找您商量一件非常重要的事。最近耳聞您為歐洲某皇室工作，無論再奇怪、再棘手的事件，都能放心地交給您。

不管從各方面都曾聽說您英勇的事蹟，所以今晚八點十五分請務必在家等待。

另外，去拜訪您的人如果戴著面具，也請不要見怪。

「好奇怪的信，你怎麼看？」

我好奇福爾摩斯的想法。

「目前還沒有任何可以用來判斷的資訊，在沒有辦法判斷的情況下，冒然把事情塞進某個框架思考是推理的大忌。因為可能會不知不覺地扭曲事實，以符合那個框架。

不過我們還是可以在這個前提下，思考這封信的內容。華生！你可以從這封信推理出什麼？」福爾摩斯問我。

我仔細觀察信上的筆跡。

「這封信大概是有錢人寫的，因為這張紙很硬、很有韌性，是高級的信箋，一般人用不起這麼貴的信紙。」

我模仿福爾摩斯的方式進行推理。

「如你所說，這張紙確實很有韌性，而且這不是英國製的信紙，你拿到燈光下看看。」

「我瞧瞧！」

我按照福爾摩斯說的話做，只見信紙上透著大寫的E和小寫的g，接著是大寫的P，還有大寫的G和小寫的t。

「你認為這些文字是什麼意思？」福爾摩斯似乎想考驗我。

「應該是廠商的名稱吧？肯定是哪家公司的英文縮寫。」

「錯了，大寫的G和小寫的t連在一起是德文Gesellschaft（公司）的縮寫，跟英文的Co.一樣；大寫的P則是德文的Papier（紙），至於Eg.是……讓我們翻一翻地名辭典。」

福爾摩斯邊說邊抽出一本咖啡色的磚頭書，並翻到某一頁。

「Eglow、Eglonitz……有了，你看這裡——Egria 這個地方離波希米亞王國的都市卡爾斯貝不遠，使用德語。辭典上寫著『波希米亞出生的德國將軍華倫斯坦死在這裡，同時這個地方也因為有很多玻璃工廠和製紙工廠而得名。』你知道這意味著什麼嗎？」

福爾摩斯的雙眼閃閃發光，洋洋得意地吐出紫色的煙圈。

「也就是說，這是波希米亞製造的紙嗎？」

我終於反應過來。

「正是，而且這封信是德國人寫的，因為『從各方面都聽說了您英勇的事蹟』是德國人慣用的語法，如果換做是俄國人或法國人並不會這樣表達。

這麼一來，只剩下動機了，為什麼用波希米亞製的紙寫信給我？為什麼用面具遮住臉的德國人會來找我？看樣子，應該是本人會來，我們的疑問很快就能解開了。」

福爾摩斯說到這裡，外面恰好傳來馬蹄聲和車輪輾過人行道路緣石的聲音，緊接著是震耳欲聾的門鈴聲。

福爾摩斯吹著口哨說：

「從聲音聽來，應該是雙頭馬車。」

他自窗口往外看，接著得意的說：

「瞧！四輪馬車前立著兩頭小型的上等馬，真是漂亮的馬兒。華生，這件事散發出錢的味道，就算案件本身很無聊，至少能得到一大筆謝禮。」

「福爾摩斯，我是不是先離開比較好？」

「不需要，請留下來，負責記錄的人怎麼可以不在場，何況這件事肯定很有趣，要是錯過了，你一定會後悔。」

「可是訪客……」

「別擔心，這次的案件我可能需要你的協助，我的需要就是訪客的需要。

注意聽！他來了，請你坐在那張扶手椅上，仔細觀察。」

福爾摩斯非常堅持，不讓我離開。

假面怪客

沉重緩慢的腳步聲從樓梯傳到走廊，然後停在門口，緊接著耳邊傳來用力敲門的聲音。

「請進。」

福爾摩斯語氣平靜地回應。

來訪的男人身高約一百九十五公分左右，體格有如大力士海克力斯般壯碩，穿著極為奢華，看在英國人眼中可能會覺得有點沒品味。只見他身著兩件式上衣，袖子和內裡縫著阿斯特拉罕羔羊皮（俄羅斯產的小羊皮），肩上披著深藍色的無袖斗篷，裡面使用了豔紅似火的絲綢襯底，領口別著碩大的祖母綠別針，光芒四射。

除此之外，及膝長靴的上緣露出毛茸茸的棕色毛皮，更增添了幾分浮誇的暴發戶派頭。

男人一隻手拿著寬緣帽子，上半張臉戴著蓋過顴骨的黑色面具，貌似進屋前剛調整過角度，另一隻手還放在面具上。僅只是依據露出來的下半張臉分析，他的嘴唇很厚、下巴突出，給人一種剛強或是頑固的感覺。

「你收到信了嗎？應該有人通知過你，我要登門拜訪。」

戴著面具的男人先是以粗啞渾厚的聲音打招呼，然後輪流打量著福爾摩斯和我，似乎不曉得該跟誰說話才好。

「您好，請坐，這位是我的好朋友兼得力助手華生醫生，經常協助我辦案，話說回來，請問您是？」福爾摩斯詢問戴面具的客人。

「我是波希米亞王國的貴族——馮．克萊姆伯爵，既然是你的好友，就算知道重大的祕密，想必也會幫忙保密吧？否則我只想單獨跟你談話，福爾摩斯先生。」

話中有話，戴面具的客人似乎信不過我。於是我站起來，轉身準備離開，但福爾摩斯抓住我的手，硬是把我推回椅子上。

「若要談話就一起談吧！不然就請您回去。所有要告訴我的事，都可以讓這個人知道。」福爾摩斯斬釘截鐵地說。

伯爵聳了聳寬闊的肩膀。

「好吧！但是在我開始之前，請兩位務必答應我，接下來不管我說了什麼，在兩年內絕對不能告訴任何人。至於兩年之後，這個問題大概也沒那麼重要了。」

「我可以答應您。」福爾摩斯點頭同意。

「我發誓！」我也對著來客做出保證。

「除此之外，請恕我戴著面具，這是交代給我這個任務、身分地位崇高的人所下的命令。事實上，剛才告訴兩位的名字，其實也不是我的本名。」

面具怪客語氣嚴肅地對我們解釋。

「我已經發現了。」福爾摩斯冷冷地說。

「稍有閃失，這次的事可能會演變成醜聞傳開，危及歐洲某皇室的名聲，無論如何都要避免事情演變至此，不瞞你說，此事關係到波希米亞皇室——奧姆斯坦家族的名譽。」

假面怪客鄭重其事地補充說明。

「這我也注意到了。」

福爾摩斯整個人癱在椅子裡，閉上雙眼，一直喃喃自語。

原本假面怪客打聽到的消息是：福爾摩斯是全歐洲推理能力最強、相當活躍的私家偵探。但眼前的福爾摩斯卻顯得有氣無力、態度懶散，假面怪客看來有些失望。

福爾摩斯慢條斯理地睜開雙眼，望著魁梧的訪客說：

「倘若陛下願意親自告訴我，我可以給您更直接的建議。」

聽到這句話，訪客從椅子上跳起來，驚慌失措地在屋子裡踱著方步。最後貌似放棄抵抗，他摘下面具、扔在地上。

「沒錯，我就是波希米亞國王，企圖隱瞞我的身分無疑是錯誤的選擇！」

「陛下所言甚是，因為您還沒開口，我就知道您是波希米亞國王——卡索．費爾斯坦大公，也就是威廉．葛茲利希．席紀斯曼．馮．奧姆斯坦陛下本人。」

福爾摩斯平靜地說。

這位出人意料的訪客，總算恢復冷靜坐回椅子上，並用一手扶著寬闊白皙的額頭。

「請你見諒，我也不習慣做這種事，但如果請人代替我出馬，等於我的把柄這輩子都落在對方手中，而且我也想直接與你商量，所以才隱瞞身分，低調地從布拉格前來這裡。」

「那麼，請您開始說明吧！」

福爾摩斯說道，再度閉上雙眼。

「事情是這樣的，五年前我在華沙待了一陣子，在那裡認識一位名叫艾琳・艾德勒的女人，此人非常不簡單，想必你也聽說過她的傳聞。」

「華生！不好意思，可以請你從檔案夾裡面找出『那個女人』的資料嗎？」

福爾摩斯閉著眼睛說。

將各種人物及事件做記錄，井井有條地整理起來是福爾摩斯多年來的習慣。這麼一來，無論是什麼樣的事件和人物檔案都能一目瞭然。

這次當然也不例外，我翻查檔案，一下子就找到艾琳的紀錄。她的資料夾在猶太教的祭司與寫下深海魚研究論文的海軍中尉檔案中間。

「我瞧瞧！」

福爾摩斯從我手中接過資料夾，宣讀紀錄中的內容。

「嗯，一八五八年生於美國紐澤西州，歌劇歌手，曾經在史卡拉劇院演出過，後來退出華沙皇家歌劇界，移居倫敦。原來如此，想必陛下與這個女人相遇後，寫過一些可能會讓自己暴露弱點的內容給她，現在想拿回那些信件吧？」

「對，你怎麼知道……」

「請問您有跟她祕密結婚嗎？」

「沒有。」

「您給過她正式的文件或證明書之類的東西嗎？」

「沒有。」

「既然如此，應該沒什麼好擔心的吧？萬一那個女人留著陛下的信想勒索您，也無法證明那些信是您寫的。」

「筆跡不就是最好的證據嗎？」

「只要推說是她模仿陛下的筆跡就行了。」

「但我用的是專用信紙。」

「只要推說信紙被偷了……」

「上頭有我的封印。」

「就說是偽造的封印。」

「她手中有我的照片。」

「陛下的照片可以用買的。」

「問題是，那是我和她同框的照片。」

「這可就不妙了！非常不妙！」

「我當時瘋了，失去理智。」

「真是太不小心了。」

「那時我還是皇太子，年輕不懂事，不過我今年其實也才剛滿三十歲。」

「看來必須想辦法拿回那張照片才行。」

「我試過很多方法，但都沒有成功。」

「那就花錢買回來吧！」

「她不肯賣。」

「那麼是否試過用偷的呢？」

「試過五次了，我僱了竊賊翻遍她家每個角落，其中一次是利用她出門旅行的時候，取出她的行李進行檢查；另外兩次則是在路上攔截，全都失敗了。」

「什麼都沒發現嗎？」

「什麼也沒發現。」

「這真是件有意思的案子啊！」

福爾摩斯笑著說。

「這對我來說可是很嚴重的問題。」波希米亞國王瞪了福爾摩斯一眼。

「我想也是，話說回來，那個女人打算利用與陛下合照的相片做什麼呢？」

「她想毀掉我。」

「打算用什麼方法呢？」

「我即將要結婚了。」

「此事我也略有耳聞。」

「我的結婚對象是斯堪地那維亞王國的二公主——克勞蒂．羅茲曼．馮．薩克斯曼寧根，你應該也知道，皇室的家教甚嚴，公主也被教育得冰清玉潔，萬一她覺得我的行為有絲毫不檢點的地方，這樁婚事肯定會馬上告吹。」

「關於您的婚事，艾琳．艾德勒怎麼說？」

「她威脅我要把照片寄給斯堪地那維亞皇室，那個女人真的會這麼做。你有所不知，雖然那個女人長得溫婉可人，卻是鐵石心腸，擁有不輸給男人的鋼鐵意志。她知道我要娶別的女人，肯定會不擇手段阻止到底。」

「那個女人還沒有寄出照片吧？」

「還沒。」

「您怎能說得如此篤定？」

「因為她警告過我，將在我公布婚約那天寄出，而我們已經決定下週一公布了。」

「哦，算起來還有三天。」

福爾摩斯吞下哈欠，點點頭。

「三天就夠了，我手邊還有兩、三個必須立刻處理的問題，陛下還會在倫敦停留一陣子吧？」

「我的確有這個打算，我會以馮．克萊姆的名義下榻於朗廷酒店。」

「那麼，如果調查有所進展，我便會寫信通知您。」

「拜託你了，我擔心得坐立難安。」

「對了，費用該怎麼算呢？」

「你儘管提出要求。」

「交給我全權處理嗎？」

「當然，只要能拿回照片，就算要割讓王國的一塊地給你，我也在所不惜。」

「那倒不必，您可以先給我一點調查費用嗎？」

福爾摩斯立刻提出要求，於是波希米亞國王從斗篷下掏出又大又鼓的皮夾，放在桌上。

「這裡有三百英鎊的金幣和七百英鎊的紙鈔。」

「我收下了。」

福爾摩斯立刻從筆記本裡撕下一頁，隨手潦草地寫下收據，當面交給國王。

「請問您知道那個女人的住址嗎？」

「在聖約翰森林，蛇型路的毒藤莊。」

福爾摩斯也馬上抄進筆記本。

「再請教一個問題，照片尺寸是12×16.5公分嗎？」

「對的。」

「好，陛下請先回去休息，應該很快就會有好消息。」

福爾摩斯送波希米亞國王離開，聽著國王座駕的馬蹄聲逐漸遠去，他轉身對我說：

「華生，你今天也先回去吧！明天下午三點如果你有空的話，麻煩再過來一趟，我想跟你聊聊這個案子。」

闖入教堂

隔天下午三點，我準時去貝克街找福爾摩斯，福爾摩斯還沒回家。房東太太告訴我，他早上八點就出門了，我坐在暖爐前，打定主意，不管多晚都要等到他回來。

因為我對這次的事件和福爾摩斯展開的調查已經產生了濃

厚的興趣，這件事本身沒有什麼不可思議或特別詭異的地方，但委託人是國王、是位高權重的人。

福爾摩斯總是能做出一針見血的推理，一下子就解開錯綜複雜的謎團，掌握事情的真相。研究他的推理手法是我的樂趣，我猜福爾摩斯大概也能順利解決這次的事，我完全不考慮失敗的可能性。

快四點時，門被打開了，一個喝得醉醺醺的馬車夫走了進來。他的頭髮亂七八糟，留著絡腮鬍的臉紅通通的，身上的衣服也髒兮兮。

「你是誰？」

我前前後後打量了三遍，才發現這個酒鬼就是福爾摩斯。

「你是福爾摩斯嗎？」

「嗯哼！」

福爾摩斯微微頷首，便走入寢室裡。五分鐘後，他換回平常單調的粗花呢西裝走出寢室，雙手插著口袋坐下，雙腿伸直放在暖爐前，哈哈大笑說：

「呵呵呵！真是累死我了，哈哈哈！」

福爾摩斯笑到差點嗆咳，仍繼續笑得前俯後仰，然後才筋疲力盡地癱在椅子上。

「怎麼啦？福爾摩斯。」

「實在是太好玩了，你絕對猜不到我上午做了什麼？」

「我的確是猜不到，但想必你是去調查艾琳．艾德勒平常的生活作息和她家的狀況吧？」

「沒錯，不過最後跟你猜的不太一樣，今天早上八點過後，我假扮成失業的馬車夫出門。馬車夫相當團結，只要成為他們的一分子，想知道什麼內幕，他們都會告訴我。

我很快就打聽出毒藤莊的位置，那是一棟麻雀雖小、五臟俱全的兩層樓建築物，後面有院子，前面臨馬路。玄關的右手邊是氣派的客廳，落地窗十分大氣，窗戶是連三歲小孩都可以打開的英式簡單鎖。

屋子後面沒什麼特別的，馬廄裡面有一扇用手就能搆得到的窗戶。我繞著房子走一圈，從各個角度觀察，並沒有發現任何特別值得留意的地方。

接下來，我在馬路上繼續徘徊，發現緊鄰後院圍牆的巷子有一間出租馬廄。馬夫正在為馬刷毛，我過去幫忙刷毛，他請我喝了一杯酒，還送我兩包菸，並且把所有我想知道關於艾琳・艾德勒的事通通告訴我了。不僅如此，連左鄰右舍的雞毛蒜皮小事也都交代了一遍。」

「所以關於艾琳・艾德勒，你打聽到什麼事？」我提問。

「那一帶的男人好像都被艾琳迷得神魂顛倒，就連出租馬廄的馬夫也都異口同聲地稱讚她，認為艾琳・艾德勒是世界上最美的女人。

除了偶爾在音樂會表演之外，那個女人過著深居簡出的生活，每天五點搭馬車出門，七點準時回家吃晚飯。除了參加音樂會，其他時間幾乎大門不出、二門不邁。」

「訪客呢？」

「只有一個男人每天都去找她，有時候一天還會來兩次，那個人是法務協會的律師，名叫戈德斐．諾頓，聽說是個膚色黝黑的美男子。很棒吧？只要跟馬車夫套好交情，就能知道這麼多的資訊。

馬車夫們從蛇型路送那個男人去她家好幾次，所以什麼內幕都知道。我跟馬車夫打聽完消息之後，又在毒藤莊周圍走了一圈，研擬作戰策略。

這個名叫戈德斐．諾頓的人肯定扮演著非常重要的角色，光是律師的身分就很可疑，那個女人和這位律師究竟有何關係？律師為什麼每天都去拜訪那個女人？那個女人是有案件委託律師的客戶，還是律師的情人呢？

如果他們是律師與委託人的關係，那個女人恐怕已經把照片交給律師了。反之，如果是朋友或情人，女人則不會把照片交給他。換句話說，兩人的關係將決定我是要繼續調查毒藤莊，還是轉而將矛頭鎖定律師辦公室。

這點很難判斷，還得視情況擴大調查範圍。聽我說這些雞毛蒜皮的瑣事，你可能會覺得很無聊，但我希望你知道我遇到的困難。」

「不，一點也不無聊。你繼續說吧！」我示意福爾摩斯往下說明。

「就在我還沒想好對策時，來了一輛豪華的四輪馬車停在毒藤莊前，有個男人跳下馬車。男人長得很英俊，膚色黝黑，鷹鉤鼻又高又挺，嘴邊留著鬍子，這個人肯定就是馬車夫口中的諾頓律師。

諾頓看起來似乎在趕時間，大聲地命令馬車夫在原地等他，就連幫傭前來開門，他也是形色匆匆地走過去，然後大搖大擺地進屋。

他在屋裡待了三十分鐘左右。這段期間，隔著窗戶可以看見他在客廳踱著方步，時而揮舞雙手，時而激動說話的模樣，完全沒見著女人的身影。

三十分鐘後，男人便離開，看起來比之前更匆忙、更著急的樣子。他坐上馬車，從口袋裡掏出金錶，大喊：『跑快點！先去攝政街的葛羅斯與漢奇珠寶店，再去埃奇威爾路的聖莫尼卡教堂，如果能在二十分鐘內趕到，小費絕對包你滿意。』

馬車開始狂奔，我遲疑著是否該跟上去，這時剛好有輛豪華的兩輪馬車迎面而來，車夫的衣服只扣了一半，領帶打得歪七扭八，馬車的韁繩也沒有套好。

馬車一停在毒藤莊前，女人就從家裡衝出來，跳上馬車。雖然只有驚鴻一瞥，仍然能看出女人美得不可思議，就算男人為她拚命也不奇怪。女人大聲吩咐：『去聖莫尼卡教堂，如果能在二十分鐘內趕到，小費絕對包你滿意。』

既然如此，當然不能眼睜睜地看著她走掉，華生，我正想著是要用跑的追上前，還是乾脆跳上去貼在馬車後面時，又來了一輛漂亮的觀光馬車。馬車夫見我衣衫襤褸，壓根兒不想載我，但我硬是跳上馬車，對馬車夫說：『去聖莫尼卡教堂，如果能在二十分鐘內趕到，小費絕對包你滿意。』看了看錶，還不到十二點二十五分，我知道他們要去教堂做什麼了。

馬車夫策馬狂奔，這是我第一次乘坐跑得這麼快的馬車，可惜還是追不上他們。抵達教堂門口時，女人的兩輪馬車和諾頓的四輪馬車並排停在教堂門口，馬兒散發著熱氣，氣喘吁吁。

我付錢給馬車夫，尾隨他們衝進教堂，裡面只有諾頓和那個女人，以及穿著白袍的牧師。牧師站在祭壇上，正向他們傳教，我假裝是無意間闖入教堂的人，在旁邊走來走去。

沒想到他們同時轉頭看過來，諾頓飛也似地衝向我。

『感謝上帝！你來得正好，幫了我大忙！請跟我來！』

諾頓抓住我的手，大聲嚷嚷。

『什麼意思？』我問道。

『總之，跟我來就是了，只需要耽誤你三分鐘，不然我們這椿婚事就結不成了。』諾頓的態度十分強硬。

我被拖到祭壇前面，等到反應過來時，我正重複著牧師在我耳邊低語的話，開口說出與自己毫無關係的誓言——幫艾琳·艾德勒與戈德斐·諾頓證婚。婚禮馬上就結束了，新郎和新娘分別向我道謝，牧師則衝著我微笑。

這是我此生做過最莫名其妙的事了！剛才之所以笑到停不下來，就是因為想起這件事，當時牧師好像正要拒絕為他們證婚，說是要有證人，兩人的婚姻關係才能正式成立。

我剛好不請自來，省下諾頓找證婚人的麻煩，後來新娘還給了我一枚金幣，我打算繫在懷錶鍊上，留作紀念。」

福爾摩斯說到這裡，舒了一口氣。

真假牧師

「真是出人意料的發展啊！然後呢？」我問福爾摩斯。

「我心想這下麻煩了，眼看他們就要出發度蜜月，我必須立刻採取行動才行，可是兩人卻在教堂門口分開了。

新郎要去法務協會，新娘則坐馬車回家，臨別之際，女人只說了句『我跟平常一樣，五點會搭馬車去公園。』兩人的馬車便分道揚鑣，我也只好回家做準備了。」

「準備什麼？」

「來一份涼拌牛肉、再喝一杯啤酒啊！」

福爾摩斯按鈴呼叫房東太太。

「今天忙得焦頭爛額，我都忘記要吃飯了，但晚上肯定會更忙，華生，可以的話，希望你也來幫忙。」

「沒問題！我很樂意。」

「即使觸犯法律也沒關係嗎？」

「不至於吧？我會小心的。」

「可能會被警察抓走喔！」

「只要我們問心無愧就沒關係。」

「我們當然問心無愧！」

「既然如此，福爾摩斯，你儘管吩咐。」

「我就知道你一定會幫我。」

「問題是，你到底要我做什麼？」

「我們邊吃邊聊吧！」

福爾摩斯將房東太太準備好的餐食送入口中。

「快要五點了，時間所剩不多，我們必須在兩個小時內抵達現場才行。現在已經成為諾頓夫人的艾琳七點就會回來，所以要趕在她回來之前，盡快抵達毒藤莊。」

「然後呢？」

「然後就交給我，我已經安排好了，醜話先說在前頭，無論發生什麼事，你都不可以阻擋我，聽清楚了嗎？」

「我只需要袖手旁觀？」

「希望你不要出手，因為事情可能會變得有些棘手，我不想把你捲進來。到時候我大概會被抬進屋，等我被抬進去，再過四、五分鐘，客廳的窗戶就會打開，請你先躲在窗下。」

「沒問題。」

「你應該能看見我，請不要把視線從我身上移開。」

「好的。」

「等我舉手打暗號，你就把我等一下會交給你的東西，扔進屋裡，然後大喊『失火了』，聽清楚了嗎？」

「明白了。」

「沒什麼好擔心的，華生。」

福爾摩斯從口袋裡掏出有如長形雪茄的棒狀物。

「這個交給你，這是鉛管工人使用的發煙筒，兩端都裝有引信，是可以自燃的工具。你的任務就是把這個東西用力扔進客廳，並大喊『失火了』。接下來自然會有人圍過來看熱鬧，你再趁亂退到路邊等我，十分鐘後，我會過去找你，以上的步驟，你全都記住了嗎？」

「你的意思是說，我什麼事都不用做，只要守在客廳的窗戶底下觀察你的動靜，等你發出暗號，就把發煙筒扔進去，大喊『失火了』，然後再到路邊等你，對吧？」

「完全正確！」

「沒問題，我都記住了。」

「太感謝你了，話說回來，時間差不多了，我要去準備接下來扮演的角色了。」

福爾摩斯走進寢室裡，花了兩、三分鐘，打扮成莊嚴肅穆、神情溫和的牧師再度現身。他戴著寬緣的黑色帽子，穿著寬鬆的長褲，繫著白色的領帶，臉上帶著和藹的微笑，左看右看都像是正牌牧師。

福爾摩斯在變裝時，不只是換衣服而已，就連表情、態度、甚至是情緒，也會融入他所扮演的角色。福爾摩斯要是改行，肯定能成為紅透半邊天的名演員。

六點十五分過後，我們離開貝克街，抵達蛇型路時，距離預定的時間還有十分鐘。

周圍已經暗了下來，我們在毒藤莊前徘徊，路燈開始亮起。眼前毒藤莊的建築物正如同福爾摩斯的描述，跟我在腦海中臨摹的一模一樣，不過地點並沒有想像中僻靜。

不僅如此，以住宅區的小路來說，反而是充滿活力。放眼望去，可以看到衣衫襤褸的男人聚在轉角抽菸嘻笑；磨剪刀的小販把車停在不遠處；兩名衛兵正在調侃年輕女孩。

除此之外，還有幾個穿得比較稱頭的青年叼著雪茄，無所事事地走來走去。

福爾摩斯與我一起漫步在毒藤莊前，他邊走邊對我說：

「聽好了，艾琳與諾頓律師的婚事讓問題變得簡單了，如今照片對艾琳而言反倒成了雙面刃，如同波希米亞國王不想讓他的未婚妻看到那張照片，艾琳肯定也不想讓丈夫諾頓看到那張照片，問題只剩下照片究竟藏在哪裡。」

「但是我們怎麼會知道藏在哪裡呢？」

我對此毫無頭緒。

「我不認為那個女人會隨身攜帶，因為照片太大張了，她的衣服沒地方放照片。而且波希米亞國王可能會再次派人埋伏她，攔截搜身，畢竟這種事已經發生過兩次，所以我不認為她會把照片帶在身上。」

「那麼會藏在哪裡呢？」

「雖然說她也可以交給銀行或律師，但是我覺得機率很低，因為纖細敏感的女人不可能把這種照片交給他人保管。

一來擔心對方會利用照片威脅她；二來她這幾天可能就會用到那張照片，必須放在手邊，以備不時之需，所以我推測她肯定是藏在家裡。」

「可是小偷不是已經上門找過兩次了嗎？」

「那群笨賊不知道該從何找起。」

「難道你就能知道要從何處找起嗎？」

「根本不用找啊！」

「那要怎麼做？」

「我會讓她自己告訴我照片藏在哪裡。」

「她不可能主動告訴你吧？」

「我已經設下陷阱，她非告訴我不可。聽！是車輪的聲音，那個女人回來了，別忘了我交代你的事情喔！」

福爾摩斯說到這裡，另一頭的馬車燈光也近了，不一會兒，時髦的小型四輪馬車就停在毒藤莊的大門口。

失火了

看到馬車靠近，骯髒的流浪漢們便一股腦兒擁上，想打開車門討點小費。

兩個流浪漢幾乎同時衝到馬車旁邊，為誰先開門吵了起來，其中一個踹開另一個，不一會兒便扭打成一團。

兩名衛兵加入戰局，磨剪刀的工人也攪和進來，情況越來越混亂。

女人下了馬車，被揮舞著拳頭和拐杖的男人們團團圍住。

「快住手！」

假扮成牧師的福爾摩斯趕緊衝上前，擋在眾人面前保護那個女人。好不容易擠到女人身邊時，他大叫一聲，倒在地上，臉上血流如注。

看見他的慘狀，兩名衛兵慌慌張張地逃走了，流浪漢們也往反方向逃竄。原本袖手旁觀、穿著體面的青年，這才連忙上前出手相救，保護那個女人，同時也照顧受傷的福爾摩斯。

艾琳爬上門口的石階，站在最上層，點亮玄關的燈，轉身面向大馬路，燈光照亮了她姣好的倩影。

「他的傷勢還好嗎？」

「他死了。」

「不，他還活著，不過大概撐不到醫院。」另一個男人大聲說道。

有人回答。

「真是個勇敢的人，要不是他，這位女士的錢包和手錶可

波希米亞的醜聞 偵探福爾摩斯——176

能都要被搶走了，那群男人全是凶惡的地痞流氓。哎呀！這個人還有一口氣。」一位女士說。

「不能讓他躺在路上，女士，可以把他抬進府上嗎？」另一個人問道。

「可以呀！請抬到客廳，客廳有張躺起來很舒服的沙發，來，這邊請！」

艾琳親自帶路。

福爾摩斯就這麼慢慢地、輕輕地被抬進毒藤莊，而我依照先前的約定，在窗外守著福爾摩斯的動靜。

屋裡亮起幾盞燈，百葉窗並沒有放下來，因此我可以清楚看見福爾摩斯躺在沙發上的樣子，這時的艾琳應該還沒有發現福爾摩斯是為了騙她才假裝受傷。

看著壓根兒不知道自己上當的美女，溫柔體貼地照顧假裝受傷的福爾摩斯，我感覺非常羞愧。但我如果不完成自己的任務，等於是背叛好朋友福爾摩斯，因此我狠下心，拿出藏在斗篷底下的發煙筒。

「我們沒有要傷害艾琳的意思，只是想阻止她傷害波希米亞國王。」

我在心裡對自己這樣說。

福爾摩斯從沙發上坐起來，假裝喘不過氣地移動身體，女傭連忙推開窗戶。

就在這個時候，福爾摩斯舉起手來。

啊——是我們約定好的暗號。

「失火了！」

我朝著屋內扔出發煙筒，同時大喊起來。

聽見我的叫聲，原本聚集在馬路上的群眾，不分男女，也不分穿著打扮、貧富貴賤，一起發出驚聲尖叫。

「失火了！失火了！」

室內瀰漫著濃煙，人們抱頭四處鼠竄。

「沒有失火！大家冷靜點！」

耳邊傳來福爾摩斯安撫眾人的聲音。

我鑽過驚慌失措的人牆，退到馬路的轉角，大約過了十分鐘，福爾摩斯依約而至，抓住我的手臂往外走。他沉默了好幾分鐘，直到走進通往埃奇威爾路的巷弄後，總算開口說話：

「做得好！華生，託你的福，計畫成功了。」

「你拿到那張照片了嗎？」

「我知道藏在哪裡了。」

「你怎麼知道？」

「是那個女人告訴我的，我剛才不是說過了嗎？」

「我完全搞迷糊了。」

「其實很簡單啊！你知道剛才那條路上的人都是我們的同伴吧？我特別請他們今晚來幫忙。」福爾摩斯笑著說。

「這個部分我知道。」

「他們假裝打架時，我事先在掌心裡抹了紅色顏料，跳進去勸架，倒下時順手抹了臉一把，看起來就像滿頭是血，雖然這個方法有點過時，卻也很有效。」

「這我也知道。」

「於是我被抬進屋裡，那個女人也不好意思拒絕，一切就如我所料，我就這麼堂堂正正地進了那個女人的客廳。我猜那張照片不是在客廳就是在寢室，我的目的就是要確定這點。

我被放在沙發上，假裝呼吸困難，讓女傭開窗，提供你丟發煙筒的機會。」

「發煙筒究竟扮演什麼角色？」

「是這次計畫最重要的部分，一旦家裡發生火災，人們會本能地衝向自己認為最重要的東西。我多次利用這個本能成功掌握推理的線索，如果是母親，一定會先抱起孩子；如果是單身女性，則會第一時間衝向珠寶盒。

現在對那個女人而言，最重要的無疑是我們正在尋找的照片，欺騙她失火的作戰成功了，慌亂的叫聲，再加上滿屋子的濃煙、還有驚慌失措的臨時演員，再怎麼鎮定的女人，當下想必也會亂了方寸。

果然那個女人接下來的行動不出我所料，她衝向右手邊的搖鈴拉繩，把手伸進上方的護牆板後面，打算抽出照片。這時我再大喊『只是虛驚一場！』那個女人便把照片放回去，看了發煙筒一眼，衝出房間，一下子就跑得不見人影。

當我還在思考要不要立刻拿走照片時，馬車夫進來了，因為他一直盯著我看，所以我想還是改天再來取照片比較安全。如果硬是拿走，引起對方懷疑，所有的努力反而會付諸流水。」

「你接下來有何打算？」

「我們的調查到此為此，接下來就等明天與陛下一起去找回照片了，如果你也有空的話，要不要一起來？我們大概會在毒藤莊的客廳停留好一陣子。不過當那個女人出現時，我們和照片早就一起消失了，陛下能親手拿回照片，相信他應該會龍心大悅。」

「幾點出發？」

「明早八點，那個女人大概還沒起床，這樣也比較方便做事。更何況這次的婚事可能會改變那個女人的生活和習慣，不能再拖下去了，事不宜遲，我這就打電報給陛下。」福爾摩斯向我說明接下來的作戰計畫。

不一會兒，我們就回到貝克街，福爾摩斯在住處門口翻口袋找鑰匙時，有個路人叫住他：

221B

「晚上好，夏洛克・福爾摩斯先生。」

這時路上不只一個行人，朝著福爾摩斯說話的，是個瘦瘦高高，披著長斗篷的青年。而且話才說完，立刻轉身離去。

「咦？我好像聽過這個聲音，來人是誰呢？」

福爾摩斯在昏暗的路燈下凝視青年離去的背影。

照片之謎

那天晚上，我住在福爾摩斯位於貝克街的家，第二天一早，我們正在吃早餐時，波希米亞國王衝了進來。

「拿回照片了嗎？」

國王抓住福爾摩斯的雙肩，瞪著他的臉大聲詢問。

「還沒有。」

「但知道藏在哪裡了吧？」

「知道。」

「那就走吧！我等不及了。」

「我先叫輛馬車。」

「不用了，坐我的四輪馬車。」

「這真是太榮幸了。」

我們離開福爾摩斯的住處，再次前往毒藤莊。

「艾琳．艾德勒結婚了。」

「她結婚了？什麼時候的事？」

「昨天。」

「跟誰結婚？」

「一位姓諾頓的英國律師。」

「我不認為艾琳會愛上那個男人……」

「但我希望她愛著那個男人。」

「為什麼？」

「因為艾琳若能愛上那個男人，就不用擔心她再來騷擾陛下，只要那個女人愛著丈夫，大概就會對陛下死心。一旦她不愛陛下，不管陛下要跟誰結婚，她都不會再出手干預了。」

「這倒是……唉，要是那個女人能出生在跟我們門當戶對的家庭，肯定能成為稱職的皇后吧！」

國王感到悶悶不樂，抵達蛇型街前，他都不再開口說話。

毒藤莊的門開著，有個外貌不年輕的女人站在石頭臺階上，冷笑著看我們下馬車。

「哪位是夏洛克．福爾摩斯先生呢？」女人問道。

「我就是福爾摩斯。」

福爾摩斯看著女人的眼神，與其說是大惑不解，更像是略顯震驚。

「你果然來了，夫人告訴過我，你應該會來找她，夫人與老爺已經搭乘今天早上五點十五分，從查令十字車站出發的火車，一起去歐陸旅行了。」

「妳說什麼？她離開英國了！」

福爾摩斯聽了這話，搖搖晃晃地後退，臉色因為不甘心與驚訝，變得十分蒼白。

「而且她不會再回來了。」

「她可有留下什麼訊息？」國王以嘶啞的聲音問道。

「夫人將一切收拾乾淨才走的。」女人回答。

「檢查一下吧！」

福爾摩斯推開女傭，踏進客廳，國王和我也跟了上去。

屋裡的家具散亂一地，櫃子都拆掉了，抽屜全部拉了出來，看得出來艾琳走得十分匆忙。

福爾摩斯衝向搖鈴拉繩，打開小巧的暗門，把手伸進去，拿出一張照片和信。照片中只有艾琳一個人穿著睡袍的倩影，信封上寫著「致夏洛克．福爾摩斯先生，我想你總有一天會來找我，所以特地留下這封信。」

福爾摩斯打開信封，我們探頭一起看，日期是昨天深夜十二點，完整的內容如下。

致夏洛克．福爾摩斯先生：

你的手法實在太精彩了，我完全被你騙了，火災騷動平息後，我也不覺得有任何古怪之處。只是在那之後，我想起自己曾經愚蠢地衝向藏匿貴重物品的地方，這才聯想起一切原委。

早在幾個月前，就有人警告我務必提防你，萬一陛下想要委託誰解決我的事，一定會找上你，甚至還提供了你的地址。

儘管如此，我還是傻傻地掉進你設下的陷阱，主動透露你想知道的訊息。

即使剛開始覺得有點奇怪，我也不願相信看起來那麼善良親切的牧師，居然是你刻意假扮的。於是，我派馬車夫約翰監視你，跟著你們回到住處。

我本身也是演員，要扮成男人可以說是輕而易舉，過去也經常女扮男裝，自由自在地遊走四方。於是就在你們回去的時候，我也換上散步用的男裝下樓。

我尾隨跟蹤到你家門口，確定那位善良又親切的牧師確實是赫赫有名的夏洛克．福爾摩斯先生，雖然覺得有點唐突，我還是去法務協會找丈夫商量。

我和丈夫都認為只要被你那雙看透一切的眼睛盯上，除了逃跑之外，沒有別條路可走。所以即使你立刻就找上門，我們家也已經人去樓空了。

請轉告陛下，不用擔心照片的事，我愛我的丈夫，我的丈夫也愛我。我找到了這輩子最理想的伴侶，請陛下也忘了過去交往過的女人，做自己想做的事吧！我絕不會蓄意破壞。

只不過，那張照片是我用來保護自己的武器，請讓我留在身邊。從今以後，如果陛下想對我不利，那張照片將成為我的護身符。做為交換，我留下一張自己的照片，如果陛下想要留存，就送給他吧！

艾琳．諾頓（舊姓艾德勒）

「真是了不起的女人！不只具有判斷力，性格也很冷靜，肯定能成為非常稱職的皇后，與我身分懸殊真是太遺憾了。」

波希米亞國王看完信後，不禁深深感嘆。

「我倒覺得那個女人非常不適合陛下，沒能完全達成陛下託付的使命，真的很抱歉。」

「別這麼說，你做得很好，我認為那個女人應該不會食言，那張照片等同於已經燒掉了。」

「陛下這麼說，我就放心了。」

「真是麻煩你了，我想向你道謝，你想要什麼儘管說，這個戒指如何……」

國王摘下模仿蛇的外形做成的綠寶石戒指，放在掌心遞給福爾摩斯。

「您還有其他對我而言更有價值的東西。」福爾摩斯婉拒。

「什麼東西？說來聽聽。」

「這張照片。」

「你想要艾琳的照片？」

國王不可置信地看著福爾摩斯，隨後爽快地答應了。

「沒問題，你想要就給你吧！」

「謝謝陛下，這件事到此算是圓滿結束，那我就告辭了。」

福爾摩斯向國王低頭致意，也不管國王伸出手想與他握手，只是催促著我轉身離開。

這便是令波希米亞國王寢食難安的「醜聞事件」全貌，同時也是福爾摩斯向來引以為傲的計畫，難得被一個機智女人完全推翻的紀錄。

福爾摩斯一向看輕女人的能力，經常語帶譏諷地調侃，但最近再也沒說過這種話了，而且每次提到艾琳或艾琳的照片時，一定都稱她為「那個女人」。

柯南・道爾的小故事

——創造出名偵探福爾摩斯的作者

內田庶

讀書與母親教他的紋章學

講到亞瑟的讀書速度，以孩子來說實在是太驚人了，他有時候一天就能看完三本書，所以圖書館的館員甚至還要求亞瑟的母親，請她告訴自己的小孩，一次只能借兩本書。

亞瑟很喜歡冒險小說，尤其是當時的暢銷作家梅恩．里德的作品，特別喜歡《頭皮獵人》，一讀再讀，怎麼也看不膩。

他對閱讀的熱愛始於小時候，伯父麥可．柯南送他一本描寫法國國王和女王的童書。五歲的時候，他就自己描繪插圖，寫了一個關於追著孟加拉虎跑到洞穴裡的故事。

可想而知，在徬徨少年時，拚命閱讀所有能借到的書，對未來的小說家亞瑟．柯南．道爾肯定產生很大的幫助。包括這本他早就想看的司各特《撒克遜英雄傳》，一想到接下來就能閱讀撒克遜英雄制裁殘暴騎士的故事，內心便充滿期待。

由於周圍都是一些粗魯的人，他也變得很會打架，但亞瑟幾乎沒幾個真心朋友。對他來說，再也沒有比沉浸在小說虛構的世界裡更快樂的時光了。

可是回到家必須先學習，才能盡情閱讀。母親有時候看見亞瑟回家，會不由得發出尖叫聲：

「等等，亞瑟，你的眼睛怎麼了？」

難怪母親會嚇一大跳，因為亞瑟的眼睛在參加決鬥時挨了一拳，變成熊貓眼。

亞瑟笑著說：

「我沒事，妳應該去瞧瞧前面那戶人家的孩子——艾迪·塔洛克的眼睛，他的瘀青比我嚴重多了。」

母親馬上就反應過來了，沒再繼續追問下去。

每次亞瑟跟人打架，受傷也好，弄髒衣服也罷，母親非但不會生氣，也不曾罵過亞瑟。就算亞瑟只顧著看課外書，甚至不寫學校交代的功課，母親也都任由著他，不會多問。

唯獨只有母親自己教的東西另當別論，母親教的紋章學是一門很特殊的學問，像是誰誰誰家的紋章長這樣，誰誰誰家的紋章長那樣……這也是母親瑪麗的興趣，所以瑪麗很熱中於教導兒子這門學問。

少年亞瑟對紋章學本身一點興趣也沒有，但是他對紋章相關的歷史充滿興趣，而且亞瑟很聽母親的話，由衷地尊敬母親。

即使生活十分困苦，母親也從未說過喪氣話，總是堅毅地操持家計。母親個頭不高，但是很美麗，他最喜歡母親了。

「來吧！亞瑟，要上紋章課了。」

說是「上課」其實有點誇張，母親只是利用在廚房忙進忙出的空檔，讓他看一些紋章的圖案，然後要他回答那是誰的紋章，再告訴亞瑟擁有那些紋章的人建立了什麼汗馬功勞，後代子孫又是什麼人。

拜紋章課所賜，亞瑟知道父親的家族是愛爾蘭有頭有臉的人，母親家則繼承了愛爾蘭望族托馬斯．司各特的血脈。

就像這本借回來閱讀的《撒克遜英雄傳》，得知作者沃爾特．司各特男爵也是托馬斯．司各特的後人時，亞瑟內心充滿與有榮焉的驕傲。而母親之所以教導亞瑟紋章學，正是希望無論家裡再窮，亞瑟都能保持上進心，不要輸給命運。

故事館 058

偵探福爾摩斯：紅髮會的祕密

新裝版シャーロック・ホームズ (2) 赤毛軍団のひみつ

原　　著　柯南・道爾
作　　者　中尾 明
繪　　者　岡本正樹
譯　　者　緋華璃
語文審訂　張銀盛（台灣師大國文碩士）
責任編輯　陳彩蘋
封面設計　張天薪
內頁設計　連紫吟・曹任華

童書行銷　張惠屏・張敏莉・張詠娟
出版發行　采實文化事業股份有限公司
業務發行　張世明・林踏欣・林坤蓉・王貞玉
國際版權　劉靜茹・陳鳳如
印務採購　曾玉霞
會計行政　許俽瑀・李韶婉・張婕莛
法律顧問　第一國際法律事務所　余淑杏律師
電子信箱　acme@acmebook.com.tw
采實官網　www.acmebook.com.tw
采實臉書　www.facebook.com/acmebook01
采實童書粉絲團　https://www.facebook.com/acmestory/

I S B N　978-626-349-760-3
定　　價　320元
初版一刷　2024 年 9 月
劃撥帳號　50148859
劃撥戶名　采實文化事業股份有限公司
104台北市中山區南京東路二段95號9樓
電話：(02)2511-9798　傳真：(02)2571-3298

國家圖書館出版品預行編目資料

偵探福爾摩斯：紅髮會的祕密 / 柯南.道爾原著；中尾 明作；緋華璃譯. -- 初版. -- 臺北市：采實文化事業股份有限公司, 2024.09
208面；14.8×21公分. -- (故事館；58)
譯自：新裝版シャーロック.ホームズ. 2, 赤毛軍団のひみつ
ISBN 978-626-349-760-3(平裝)

873.596　113009681

線上讀者回函

立即掃描 QR Code 或輸入下方網址，連結采實文化線上讀者回函，未來會不定期寄送書訊、活動消息，並有機會免費參加抽獎活動。

https://bit.ly/37oKZEa